글 이사벨 펠레그리니

프랑스 남부 도시, 니스에서 태어났어요. 어릴 때부터 책을 좋아했고,
문학과 미술을 공부해 미술관 관리 전문가가 되었어요. 어린이를 위한 재미있는 글도 써요.
지은 책으로는 〈재미있는 시장 이야기〉, 〈호기심 많은 꼬맹이들을 위한 실험〉이 있어요.

그림 이탈리아 축제 – **프란체스카 카라벨리**, 세네갈 축제 – **쥬디트 게피에**, 인도 축제 – **밀렌 리고디**,
중국 축제 – **프랑수아즈 사바티에 모렐**, 인도네시아 축제 – **오렐리아 프론티**, 오스트레일리아 축제 – **사라 윌킨스**,
일본 축제 – **프랑수아즈 사바티에 모렐**, 러시아 축제 – **오렐리아 프론티**, 멕시코 축제 – **쥬디트 게피에**,
프랑스 축제 – **알렉상드르 클레리스**, 만들기 소개 – **세실 슈멜**

옮긴이 이정주

서울여자대학교와 같은 학교 대학원에서 불어불문학을 공부했어요. 지금은 방송과 출판 분야에서
전문 번역인으로 활동하며 우리나라 어린이와 청소년에게 재미와 감동을 주는 프랑스 책을 직접 찾기도 해요.
옮긴 책으로는 〈천하무적 빅토르〉, 〈넌 빠져!〉, 〈아빠의 인생 사용법〉, 〈강아지 똥 밟은 날〉,
〈혼자 탈 수 있어요〉, 〈심술쟁이 내 동생 싸게 팔아요〉가 있어요.

헬로 프렌즈

세계의 축제(10개국의 축제와 만들기 놀이)

글 이사벨 펠레그리니 ㅣ **그림** 프란체스카 카라벨리 외 7명 ㅣ **옮긴이** 이정주
펴낸이 김희수 **펴낸곳** 도서출판 별똥별 **주소** 경기도 화성시 병점1로 218 씨네샤르망 B동 3층
고객 센터 080-201-7887(수신자부담) 031-221-7887 **홈페이지** www.beulddong.com **출판등록** 2009년 2월 4일 제465-2009-00005호
편집·디자인 꼬까신 **마케팅** 백나리, 김정희
ISBN 978-89-6383-698-0, 978-89-6383-682-9(세트), 3판 All rights reserved. Copyright ⓒ2011 by beulddongbeul

Droles de Fetes by Isabelle Pellegrini
Copyright ⓒ 2010 by ABC MELODY Editions All rights reserved throughout the world
Korean Translation Copyright ⓒ 2017 by Beulddongbeul, Korea
This Korean edition was published by arrangement with ABC MELODY Editions, France through Milkwood Agency, Korea

이 책의 한국어판 저작권은 밀크우드 에이전시를 통한 ABC MELODY Editions와의 독점 계약에 의하여 도서출판 별똥별에 있습니다.
신저작권법에 의하여 한국 내에서 보호를 받는 저작물이므로 무단 전재와 무단 복제를 금합니다.

세계의 축제

이사벨 펠레그리니 글 | 프란체스카 카라벨리 외 7명 그림

별똥별

이탈리아의 베네치아 가면 축제

이탈리아의 베네치아에서는 2월에 화려한 가면 축제가 열려요!
날씨는 춥지만, 온 도시가 들썩들썩 축제로 들뜨지요.
물길에는 작은 배 곤돌라가 흥겹게 떠다니고,
골목에서는 비단옷이 삭삭 스치는 소리와 웃음소리가 넘쳐요.
산마르코 광장에서는 여러 가지 색과 모양의 가면을 쓴 사람들이
관광객들을 놀래 주며 돌아다녀요.

6

화려한 늑대 가면

베네치아 가면 축제에 참가하려면 독특한 옷을 입어야 해요. 그래서 참가자들은 어떤 옷을 입을지 일 년 내내 고민하면서 준비해요. 하지만 늑대 가면은 1시간 안에 뚝딱 만들 수 있어요. 늑대 가면을 어떻게 만드는지 볼까요?

🕐 45분

준비물

- 종이 접시
- 가위
- 그림물감
- 면봉
- 화장지
- 색종이
- 금·은박지와 깃털

- 고무줄 30센티미터
- 풀
- 니스 스프레이 혹은 래커
- 스테이플러와 클립

① 종이 접시는 얼굴보다 조금 더 큰 것으로 고르고 반으로 잘라요. 얼굴보다 훨씬 큰 가면을 만들 수도 있어요.

2 반으로 자른 종이 접시에 두 눈을 그리고 잘라 내요. 가면을 썼을 때 잘 보일 수 있도록 두 눈이 가운데로 몰리거나 멀리 떨어지지 않게 간격이 알맞아야 해요! 코가 들어갈 자리에 세모를 그려서 오려 내요.

3 가면 양 끝에 눈 높이에 맞춰서 작은 구멍을 뚫어요. 이 구멍에 고무줄을 끼우고 귀에 걸면 얼굴에 가면을 고정시킬 수 있어요.

4 가면 겉면에 골고루 풀을 칠해요.

5 화장지를 구겨서 주름을 만들고 풀칠한 곳에 붙여요. 단, 눈 자리는 막지 마세요.

6 그림물감 가운데 세 가지 색을 골라 면봉으로 화장지 주름에 칠해요. 장식을 더 달고 싶으면 색종이, 금·은박지를 풀이나 스테이플러로 붙여도 좋아요.

7 6에 니스 스프레이나 래커를 뿌린 뒤 말려요.

8 마지막으로 스테이플러나 클립을 써서 깃털을 붙이는 거예요.

9 가면 양 끝 구멍에 고무줄을 끼우고, 머리 크기에 맞게 고무줄 길이를 조정해요. 고무줄이 빠지지 않도록 가면 안쪽에서 매듭을 만들면 돼요.

늑대 가면을 쓰고 친구들과 가면 축제를 즐겨 보세요.

세네갈의 땀하릴 축제

아프리카 세네갈에서도 새해 첫날에는 축제를 즐겨요.
저녁을 나눠 먹고 남자애들은 여자애로, 여자애들은 남자애로
변장하고 북을 들고 나와 노래하고 춤추면서 돌아다니죠.
그러면 이웃 사람들이 사탕, 쌀, 과자를 나눠 줘요.
전통적으로 새해 첫날에는 많이 먹어야 한대요.
온종일 배가 불러서 기분 좋게 말이에요.

퉁퉁거리는 북

세네갈의 아이들은 플라스틱, 통조림통, 작대기 등을 가지고 악기 하나쯤은 만들 줄 알아요. 어떻게 만드는지 볼까요? 재활용의 좋은 예가 될 거예요!

🕐 25분

준비물

- 둥근 플라스틱 통이나 깡통 또는 두꺼운 종이로 된 원통
- 도화지
- 크레파스, 그림물감 또는 사인펜
- 가위
- 고무풍선
- 고무줄
- 넓은 셀로판테이프
- 잘 붙는 풀

1️⃣ 손을 다치지 않게 조심하면서 깡통의 뚜껑을 잘라 내요.

② 깡통 옆면에 두를 도화지를 길게 자르고, 그 위에 동물이나 식물을 단순하게 표현한 아프리카 무늬를 그려요.

③ ②를 깡통에 둘러서 붙여요.

⑤ ④를 팽팽하게 늘여서 깡통 입구에 씌우고, 고무줄로 단단히 묶어요. 공기가 빠져나가지 않게 고무풍선 가장자리 부분과 고무줄 위를 덮어서 넓은 셀로판테이프로 붙여요.
고무풍선이 팽팽할수록 북소리가 가늘게 나요.

④ 깡통 입구를 덮을 고무풍선을 잘라요. 깡통 입구보다 3, 4센티미터 넉넉하게 잘라야 해요.

세네갈 아이들은 이렇게 만든 북을 들고 남자애는 여자애로, 여자애는 남자애로 변장하고 노래하러 나가는 거예요.

인도의 홀리 축제

인도에는 화려한 봄의 축제가 있어요!
알록달록하게 치장한 코끼리와 사람들이 노래하며 흥겹게 춤을 추지요.
어른 아이 할 것 없이 얼굴과 옷에 파란색, 붉은색, 초록색, 주황색 가루를 묻히고
만나는 사람들에게도 색 가루를 뿌려요. 어떤 이들은 물감을 뿌리기도 해요.
물감을 마구 뿌린 다음에 이렇게 말하죠.
"화내지 마세요. 오늘은 홀리 축제 날이잖아요."

알록달록 홀리 축제 코끼리 그림

인도 사람들이 홀리 축제에서 던지는 색 가루는 색깔마다 의미가 있어요.

초록색은 조화와 창조, 파란색은 생명력과 지혜, 붉은색은 힘과 사랑, 검은색은 순수와 불멸, 노란색은 빛과 완전을 뜻해요. 알록달록 홀리 축제 코끼리 그림을 어떻게 그리는지 볼까요?

🕐 45분

준비물

- 여러 가지 색분필
- 크레파스나 사인펜
- 컵
- 두꺼운 종이
- 가는소금
- 풀

1 종이에 크레파스나 사인펜으로 코끼리를 그리고, 색을 다르게 칠할 부분을 나누어요.

2 색분필을 곱게 빻고, 색깔별로 컵에 담아요.

3 색분필 가루가 든 컵에 가는소금을 넣어서 잘 섞어요. 소금의 양은 섞을 때 색이 잘 드러날 정도로 적당히 맞추면 돼요.

4 소금에 분필 색이 물들면, 다른 색분필 가루가 든 컵에도 똑같은 방법으로 가는소금을 넣어서 물들여요.

6 풀칠한 부분에 색 소금 가루를 살살 뿌려요. 너무 많이 뿌려지면 종이를 톡톡 쳐서 털어 내면 돼죠. 가루를 털어 낼 때는 주위가 지저분해지지 않게 휴지통 위에서 하는 게 좋아요.

5 코끼리 그림에서 색깔을 칠하고 싶은 부분에 풀칠을 해요. 이때 선에 맞춰서 잘 칠하지 않으면 색 소금 가루가 엉뚱한 데 묻을 수 있어요.

7 이런 방법으로 원하는 색 가루를 뿌려서 코끼리 그림을 완성하는 거예요!

코끼리 아저씨! 색 가루를 뿌려도 화내지 마세요. 홀리 축제를 즐기는 거잖아요!

중국의 춘절

중국에서 음력 1월 1일은 춘절이라는 큰 명절이에요.
집집마다 행운을 상징하는 붉은색 종이에 새해 복을 비는 글을 써서
대문에 큼지막하게 붙여요. 아이들에게 붉은색 봉투에 세뱃돈을 넣어서 주고,
저녁을 먹은 뒤에는 온 가족이 밖으로 나가요. 거리 곳곳에 붉은색 등이 걸리고,
폭죽이 터지고, 북 치는 악단과 함께 붉은색과 황금색으로 칠한 용들이 물결치듯 행진해요.
용은 위엄, 용맹, 행운을 상징한대요.

鼠 牛 虎 兔 龍 蛇 馬 羊 猴 雞 狗

악귀를 물리치는 종이 등

옛날에 중국 사람들은 새해 전날 악귀가 사람들을 잡아먹는 다고 믿었어요. 그래서 악귀를 쫓아내기 위해 대문에 붉은 색 종이를 붙이고, 등을 달고, 폭죽을 터뜨렸지요.
악귀가 붉은색, 빛, 소리를 무서워한다고 생각했기 때문이에요. 그럼 종이 등을 어떻게 만드는지 볼까요?

🕐 20분

준비물

- 기름종이
- 붓
- 붉은색 잉크 혹은 붉은색 그림물감
- 가위나 칼
- 스테이플러와 클립 혹은 셀로판테이프
- 양초를 받칠 수 있는 작은 유리컵
- 양초

1 기름종이를 가로로 길게 펴고, 붉은색 잉크나 붉은색 그림물감으로 한자를 그림으로 나타낸 중국풍 무늬를 그려요.

2 **1**을 말려요.

❸ 기름종이를 가로로 반을 접고, 세로의 벌어진 쪽 끝을 2센티미터 남기고 가위나 칼로 죽죽 잘라요.

❹ 접은 기름종이를 펼쳐서 그림처럼 만들고 스테이플러로 붙여요.

❺ 양초를 받치는 유리컵에 양초를 넣고, 양초를 켜요.

❻ ❺에 기름종이로 만든 원기둥을 씌우면 멋진 종이 등이 되지요.

새해 복을 가져다줄 중국의 종이 등이 정말 멋지지요? 새해 복 많이 받으세요.

발리의 오달란 축제

인도네시아 발리는 신들의 섬이에요. 6개월에 한 번씩
힌두 사원이 세워진 것을 기념하는 오달란 축제가 열리지요.
사람들은 발리 전통 의상인 사롱을 입고 사원으로 행진해요.
여자들은 신들에게 바칠 과일과 꽃을 머리에 이고 가요.
사원 앞에서는 인도네시아 전통 오케스트라인 가믈란이
연주를 하고, 무용수들이 발리 전통 춤을 춰요.

발리의 사롱 입기

사롱은 직사각형 천을 허리에 둘러서 입는 옷이에요.
동남아시아에서는 어른 아이 할 것 없이 축제 날뿐만 아니라
보통 때도 사롱을 입어요.
사롱을 묶는 방법은 여러 가지예요.
그중에서 한 가지를 알아볼까요?

🕐 5분

준 비 물

- 사롱이나 파레오(직사각형 천)
- 약간의 집중과 손놀림!

1 사롱이 있으면, 사롱 한쪽 끝을 손으로 잡아 허리에 대고, 나머지 한쪽을 잡아서 허리에 빙 둘러요.

파레오가 있으면, 마찬가지로 파레오 한쪽 끝을 손으로 잡아 허리에 대고, 나머지 천을 허리에 빙 둘러요.

② 허리에 두른 천을 잘 쥐어요.

③ 맨 처음 허리에 댄 천을 잡고 있던 손으로 허리에 두른 천을 배꼽 부위에서 꼭 짚어요. 그리고 다른 손은 나머지 천 끝을 배꼽 앞으로 가져와서 앞 주름을 만들어요.

④ 앞 주름은 한 손으로만 짚고, 다른 손은 엉덩이 쪽 천이 주름지지 않게 매만져요.

⑤ 사롱이나 파레오를 전체적으로 허리에서 돌돌 말아서 내려요. 허리에 딱 맞을 때까지 반복해서 접어요.

사롱 입기를 잘해 냈나요? 친구들과 함께 사롱 입기를 해 보면서 동남아시아로 여행 떠난 기분을 느껴 보세요.

오스트레일리아 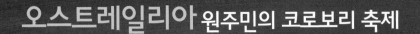 원주민의 코로보리 축제

오스트레일리아의 숲에서 신비로운 의식이 시작됐어요.
모닥불 주위에서 부족장이 노래를 시작하면,
온몸에 흰색 점토로 전통 문양을 그린 무용수들이 딱따기 와
디제리두 의 리듬에 맞춰서 덩실덩실 춤을 춰요.
노래, 춤, 리듬이 어우러지는 환상의 축제예요.

딱따기: 딱딱 소리를 내게 만든 두 짝의 나무토막으로 이루어진 악기예요.
디제리두: 아주 긴 나무 파이프로 된 악기예요.

27

전통 문양 그리기

일반적으로 원주민의 전통 문양은 먼 조상으로부터 전해 내려오는 꿈의 시대, 다시 말해서 세상이 생겨난 때의 이야기를 그린 것이 많아요. 오스트레일리아 원주민의 전통 문양을 그려 볼까요?

🕐 60분

준비물

- 그림물감
- 진한 색 도화지
- 면봉

1 색도화지에 오른쪽 페이지 그림을 참고해서 그림물감으로 원주민의 전통 문양을 그려요. 다 그렸으면 그림을 말려요.

2 면봉에 흰색 그림물감을 묻히고, 오른쪽 페이지 그림을 참고하여 **1**에서 그린 문양의 테두리에 점을 찍어요. 점은 촘촘하게 찍어야 해요.

오른쪽 페이지에 있는 전통 문양과 여러분이 그린 문양을 섞어서 여러분만의 이야기를 그려 봐요! 친구들에게 보여 주면서 어떤 내용인지 맞혀 보게 해도 재미있겠죠?

오스트레일리아 원주민 전통 문양

별들

별 혹은 달

뜨는 해

에뮤(오스트레일리아의 타조와 비슷한 새)

캥거루

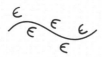
주머니쥐(숲에 사는 몸집이 작은 포유류)

딩고 (오스트레일리아의 들개)

독수리

과일 혹은 씨앗

야영

지하 통로 혹은 길

물

야영하는 네 사람

나무 밑 혹은 동굴 속에 있는 두 사람

나무껍질로 만든 접시와 막대기를 든 여자

창을 던지는 남자

야영하는 원주민 여자들

29

일본의 벚꽃 축제

일본의 4월은 눈부시게 아름다워요. 온통 벚꽃으로 뒤덮이거든요!
이때 일본 사람들은 길과 공원으로 꽃 구경을 나가요.
벚꽃을 감상하면서 봄이 오는 것을 축하하지요!
소풍을 가서 연분홍 벚꽃을 보며 얘기를 나누고, 노래하고, 뛰어놀지요.

31

벚꽃 도장만 있으면 돼!

일본 말로 '사쿠라'라고 하는 벚꽃은 일본 사람들이 좋아하는 꽃이에요. 일본에서는 봄이 되면 곳곳에서 벚꽃을 볼 수 있지요. 학교에서도 마찬가지예요.

일본에서는 벚꽃이 피기 시작할 때, 학생들의 새 학년 새 학기가 시작돼요! 또한 은은한 벚꽃은 예술가들에게 영감을 주기도 하죠. 감자로 벚꽃 도장을 만들어 볼까요?

🕐 45분

준비물

- 감자(날것으로)
- 도화지
- 그림물감
- 면봉
- 붓 2개
- 초록색 사인펜

1 감자를 반으로 잘라요.

2 사인펜으로 감자 반쪽에 꽃잎을 그리고, 나머지 반쪽에 잎사귀를 그려요.

③ 감자에 그린 꽃과 잎 부분이 튀어나오도록 나머지 부분을 도려내요.

④ 연분홍 벚꽃을 만들 그림물감과 초록 잎을 만들 그림물감을 준비해요.

⑤ 붓으로 도드라진 꽃과 잎 부분에 그림물감을 칠해요. 이때 붓 하나에 한 가지 색만 칠해야 해요.

⑥ 도화지에 잎을 먼저 찍고, 꽃잎을 찍어요. 마지막으로 집게손가락에 붉은색 그림물감을 묻혀서 꽃잎 한가운데 찍어요. 꽃잎의 심장을 만드는 거예요.

⑦ 면봉에 노란색 그림물감을 묻혀서 꽃잎 심장 주위를 톡톡 찍어요. 그다음에 초록색 사인펜으로 줄기를 그려요.

⑧ 이렇게 하면 벚꽃을 여러 송이 만들어서 꽃이 무성한 벚나무까지 만들 수 있어요!

진짜 벚꽃은 오래 피어 있지 않고 금방 떨어지지만, 벚꽃 도장을 찍어서 만든 벚꽃은 시들지 않고 일 년 내내 활짝 피어 있겠죠?

러시아의 마슬레니차 축제

러시아에는 춥고 긴 겨울을 보내고 따뜻한 봄을 맞이하는 전통 축제가 있어요.
축제가 일주일간 이어지는데 이 기간을 '팬케이크 주간'이라고도 하죠.
온 가족이 모여 해를 상징하는 노릇노릇하고 둥근 팬케이크, 블린을 먹기 때문이에요.
사람들은 전통 의상을 입고, 노래를 부르고, 눈싸움을 하고,
세 마리 말이 끄는 썰매인 트로이카를 타면서 축제를 즐겨요.
일요일 저녁에 겨울 허수아비인 마슬레니차 부인을 불태우면서 축제가 끝나지요.

동글동글 노릇노릇!
맛있는 팬케이크, 블린

블린은 작고 동글동글한 러시아 팬케이크예요. 러시아에는 봄맞이 축제 기간에 블린을 배불리 먹는 전통이 있어요. 블린을 어떻게 만드는지 알아볼까요?

🕐 25분

준 비 물

- 달걀 2개
- 설탕 1큰 술
- 소금 3분의 1작은 술
- 밀가루 160그램
- 우유 250밀리리터
- 식물성 기름
- 버터

- 프라이팬
- 커다란 그릇
- 국자
- 체
- 뒤집개
- 작은 냄비

1 작은 냄비에 버터를 녹여요.

2 커다란 그릇에 달걀, 설탕, 소금, 녹인 버터를 넣어서 잘 휘저어요.

③ 밀가루를 체로 쳐요.

④ ❷에 밀가루를 조금씩 넣어서 섞고, 우유도 넣어요. 밀가루가 뭉치지 않게 잘 저어야 해요.

⑤ 반죽이 부드러워질 때까지 계속 저어요.

⑥ 프라이팬에 기름을 살짝 두르고, 중간 불로 팬을 달궈요.

⑦ 국자로 반죽을 한 번 떠서 프라이팬에 부어요. 블린은 작고 통통한 팬케이크니까 넓게 펼치면 안 돼요. 보통 크기의 프라이팬이면 블린 세 개 정도를 한꺼번에 구울 수 있어요.

⑧ 블린 가장자리가 노릇노릇해지고 가운데가 살짝 익었을 때, 뒤집개로 뒤집어요.

⑨ 블린을 뒤집은 상태로 1분 정도 두면 살짝 노릇노릇해지는데 이때가 제일 맛있어요.

블린을 먹을 때, 블린 위에 신선한 허브 치즈 조각이나 훈제 연어를 올려서 먹어도 맛있어요! 또는 각자의 취향대로 잼이나 꿀을 곁들여 먹어도 돼요. 정말 맛있겠죠!

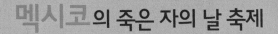

멕시코의 죽은 자의 날 축제

멕시코에서는 11월 초에 죽은 자들을 기리는 흥겨운 축제가 열려요!
가족들은 묘지를 찾아 주황색 꽃으로 무덤을 장식하고, 향을 피우고,
죽은 이가 살아 있을 때 좋아했던 음식을 펼쳐 놓고 다 같이 먹어요.
도시 곳곳에 죽은 이를 위한 제사상을 차려 놓기도 하죠.
사람들은 알록달록한 해골 모양의 과자와 '죽은 자의 빵'이라고 부르는 빵을 먹어요.
이 축제의 여왕은 그림에 보이는 해골 부인, 카트리나예요!

아몬드 페이스트로 만든
해골 모양 과자

해골 모양의 과자는 멕시코에서 벌이는 '죽은 자의 날 축제'
와 떼려야 뗄 수 없는 축제 음식이에요.
멕시코 사람들은 삶과 죽음을 하나라고 생각하기 때문에 죽
음을 엄숙하게 대하지 않고, 가볍고 익살스럽게 대해요.
해골 모양 과자를 어떻게 만드는지 알아볼까요?

 40분

준 비 물

- 아몬드 페이스트
아몬드 페이스트 만드는 법 : 아몬드
페이스트 300그램이 필요하면, 아몬
드 가루 150그램과 설탕 150그램에
달걀흰자 1개를 넣어 반죽해요. 색깔
을 넣고 싶으면 원하는 색의 식용 색
소를 7방울 넣으면 돼요.

- 초콜릿 녹인 것
- 붓이나 면봉
- 오목한 접시
- 제빵용 설탕, 금빛이나
  은빛 사탕가루

1 만들고 싶은 해골 크기만큼 아몬드 페이스트를 준비해요.

2 아몬드 페이스트로 해골 모양을 만들고, 눈 구멍을 파요.

5 ❹에 제빵용 설탕을 뿌리거나 사탕가루로 알록달록하게 장식해요.

3 초콜릿을 녹여서 접시에 부어요. 붓이나 면봉에 녹은 초콜릿을 묻혀서 해골에 재미있는 그림을 그려요.

완성되면 아득아득 씹어서 해골 모양의 과자를 먹지요. 아마 해골이 하나도 무섭지 않을 거예요.

4 다 그렸으면, 초콜릿이 굳을 때까지 기다려요.

프랑스의 덩케르크 카니발 축제

프랑스의 덩케르크에서는 2월에 도시 곳곳에서 변장을 하고, 모자를 쓰고,
우산을 든 사람들이 고적대를 따르며 〈어부들의 노래〉를 부르는 카니발이 벌어져요.
광장에 다다르면 시청에서 생선을 던져 주죠. 그러면 그것을 가져가 요리를 해 먹어요!

43

덩케르크 카니발 축제의 우산, 베르그나에르 만들기

베르그나에르는 원래 프랑스 북부의 작은 마을, 베르그의 주민을 가리키는 말이었어요.

덩케르크 사람들은 우산을 쓰고 덩케르크 축제를 구경 온 베르그 사람들을 놀리며 흉내 내곤 했지요.

그러다가 지금은 베르그나에르가 우산을 가리키는 말이 되었어요. 베르그나에르를 어떻게 만드는지 알아볼까요?

🕐 30분

준 비 물

- 두꺼운 종이
- 구부러지는 빨대
- 그림물감과 붓
- 가위
- 셀로판테이프
- 강력 접착제

1 두꺼운 종이에 지름 15센티미터의 원을 그린 다음 오려요.

2 원을 반으로 접었다가 펼쳐요.

③ ❷를 세 번 더 반복해서 원을 여덟 조각으로 나눠요.

④ 원의 여덟 조각 중에서 한 조각을 가위로 잘라 내고, 그림처럼 셀로판테이프로 붙이면 우산 모양이 돼요.

⑤ 붓에 그림물감을 묻혀서 우산을 색칠해요. 우산 손잡이로 쓸 빨대도 색칠해요.

⑥ 우산과 빨대를 잘 말려요.

⑦ 빨대의 아랫부분을 가위로 네 번 작게 잘라서 밖으로 펼쳐요.

⑧ ❼에서 펼친 부분에 강력 접착제를 바르고 우산에 붙여요.

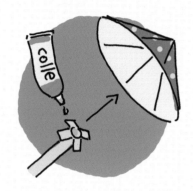

예쁜 베르그나에르를 가지고 덩케르크 카니발 축제에 가고 싶지 않나요? 생선에 맞지 않게 조심하면서 말이에요!

45

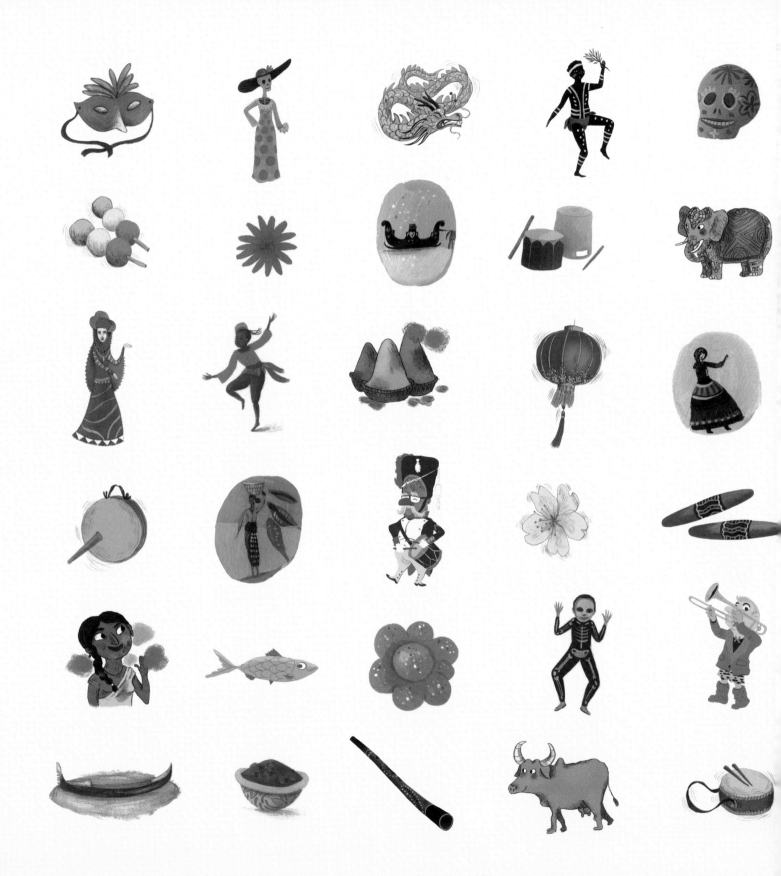